ZODIACO

Colección Narrativas Oblicuas

ZODIACO

Aitor Villafranca

© 2012, Aitor Villafranca
© 2012, Ediciones Oblicuas, S.L.
c/ Aribau nº 324, 1º 2ª. 08006 Barcelona
info@edicionesoblicuas.com
www.edicionesoblicuas.com

Primera edición: marzo de 2012

Diseño y maquetación: DONDESEA, servicios editoriales
Ilustración de portada: Héctor Gómila
Imprime: Publidisa

ISBN: 978-84-15528-11-1
Depósito legal: SE-2536-2012

A la venta en formato Ebook en: www.todoebook.com
ISBN Ebook: 978-84-15528-12-8

Queda prohibida la reproducción total o parcial de cualquier parte de este libro, incluido el diseño de la cubierta, así como su almacenamiento, transmisión o tratamiento por ningún medio, sea electrónico, mecánico, químico, óptico, de grabación o de fotocopia, sin el permiso previo por escrito de Ediciones Oblicuas, S.L.

Impreso en España – *Printed in Spain*

Índice

Leo 9
Cáncer 13
Tauro 19
Acuario 27
Sagitario 33
Piscis 39
Capricornio 45
Géminis 51
Libra 55
Virgo 61
Escorpio 67
Aries 71

♌

Leo

Leo apartó de un golpe la almohada empapada de sudor con la que intentaba cubrirse la cabeza y la arrojó contra la pared sin molestarse en reprimir un grito gutural de frustración. Era consciente de que había sido un gesto inútil, pero ya no sabía qué hacer. Por muy alta que pusiera la música, por mucho que intentara refugiarse debajo de la ducha, aquellos ruidos seguían ahí. Gemidos ahogados, muelles chirriando, gritos de placer. Sexo convertido en sonidos burlones que seguían atravesando las paredes del apartamento, inmunes a su cansancio y a su odio. Hasta su cerebro se había dado por vencido y se había llenado de imágenes, de recuerdos despertados de manera precisa por cada jadeo que llegaba desde el piso de al lado. No podía evitar visualizarse a sí mismo sobre un cuerpo menudo de pechos firmes, quizás los de Clara, poseyéndola, arremetiendo contra ella con una violencia en la que se fundían deseo y desprecio. Los golpes del cabezal de la cama contra la pared marcaban el ritmo de sus propios ataques, el gruñido del hombre al otro lado de la pared era Leo el que lo soltaba, sintiendo la presión cada vez mayor de unos dientes en la base de su cuello. Sonidos de sábanas mientras sus cuerpos se recolocan. Ahora ella está encima, a horcajadas, con los ojos cerrados. Es como si él ya no importara, o como si se supiese una obra digna de contemplación. El vello púbico casi totalmente rasurado, marcas rojizas donde su piel había soportado el peso de su amante. Los embates de sus caderas cada vez más rápidos y agresivos, anticipando finalmente un orgasmo sin contención. Después, unos segundos de silencio, apenas el tiempo suficiente para que Leo alimentara de nuevo la esperanza de que todo hubiese terminado finalmente, para luego volver a destruirla con el crujido del colchón y una respiración entrecortada.

Cada vez que regresaban aquellos sonidos, Leo podía sentir como si su cuerpo se vaciase un poco más de energía, convirtiéndole en una simple carcasa, acercándole al vacío. Comprendió entonces que su mente no soportaría otro día así, y que si no se movía entonces, ya no volvería a tener las fuerzas para hacerlo. Leo se incorporó de la cama con esfuerzo, como si tuviera que darle órdenes explícitas a cada músculo para que recordara cómo moverse. Se calzó unas viejas zapatillas de deporte que había junto a la cama y se puso una camiseta arrugada que encontró sobre el propio colchón. Cada pequeño gesto hacía más firme su determinación. Si aquel impostor no iba a dar la cara, Leo le obligaría a hacerlo.

Con movimientos bruscos, empujó una silla contra el armario empotrado, sin ningún miramiento por el gato que se había acomodado en ella, aparentemente inmune al ruido que llegaba a través de la pared. Tras un gruñido hastiado, el animal bajó de la silla para volver a estirarse poco después sobre el colchón, desde donde se dedicó a mirar a Leo con curiosidad. Seguía siendo un misterio cómo aquel gato se las apañaba para entrar en el apartamento, pero eso ya no importaba. Leo se puso de pie encima de la silla, que tembló y crujió bajo su peso, y empezó a rebuscar entre las baldas más inaccesibles del armario. Detrás de cajas de zapatos llenas de fotos y cartas que no se había molestado en tirar, y de maletas que hacía tiempo que no salían de aquella habitación, encontró la caja de herramientas que su padre le había regalado por su cumpleaños hacía un par de años y cuya única función desde entonces había sido acumular polvo. Leo observó el contenido de la caja, dudando entre la llave inglesa y el martillo. Tras sopesarlos y probar a golpear con ellos el aire, optó finalmente por el segundo. Los nudillos le dolían al apretar el martillo, todavía manchados con restos de sangre seca, pero esa visión sólo le invitaba a cerrar el puño con más fuerza.

Los gemidos volvían a alcanzar su punto álgido. Esta vez había sido más rápido, casi urgente, y amortiguado en cierta medida; como aquella vez que Clara le había arrastrado a los baños del restaurante. Leo respiró profundamente, intentando mantener el poco control que todavía le quedaba. Sin soltar el martillo, salió al salón, pulsando instintivamente el interruptor de la luz. Las bombillas permanecieron apagadas, dejando la llama inestable de las velas como única fuente de luz. Entre las sombras se distinguían los restos del ordenador, destrozado contra el suelo, apenas un amasijo de plástico y circuitos retorcidos. Leo miró hacia otro lado y salió al balcón.

El aire de la calle era denso y pegajoso, como una prolongación de su propio apartamento, y los jadeos se oían incluso más nítidos en la noche de verano. Leo observó la distancia que le separaba del piso vecino. Apenas un metro, un simple salto que le permitiría acabar de una vez por todas con aquella pesadilla. Leo pasó una pierna por encima de la barandilla metálica del balcón. Las rodillas le temblaban, y tenía las manos cubiertas de sudor. El martillo al que se aferraba parecía resbaladizo de repente, y le impedía sujetarse tan firmemente como hubiera deseado. Mientras la adrenalina llenaba todos los poros de su cuerpo, se preguntó cómo era posible que hubiera llegado hasta ahí. Parecía imposible que solamente tres días separaran el vacío que se extendía debajo de sus pies de la cómoda vida aletargada en la que se había acostumbrado a hibernar.

Quizás la mujer del teléfono tenía razón, y Venus se había alineado con la Luna, o Júpiter con el Sol, o cualquiera que fuera la teoría absurda que le había contando. Teniendo en cuenta la espiral a la que se había visto arrastrado sin más, Leo empezaba a plantearse seriamente si no habría alguna fuerza astral pagando con él su hastío estival.

«Tres putos días», musitó Leo mientras imaginaba su propio cuerpo resbalando y cayendo seis pisos a cámara lenta hasta acabar hecho trizas contra el asfalto. «Hay que joderse».

♋

Cáncer

Apenas tres días antes, el apartamento de Leo parecía un lugar completamente distinto. El ordenador estaba todavía en la mesa de salón que hacía las veces de escritorio, las lámparas funcionaban sin problemas y lo único que estropeaba el silencio absoluto era el sonido del teclado sobre el que Leo se encorvaba mientras trabajaba en la traducción con la que había estado ocupado toda la tarde. Sus nudillos estaban perfectamente limpios, sin restos de sangre, y en su mente no existían el sexo ni las predicciones astrales. Lo único que le importaba en aquel momento era terminar con aquel encargo, un manual de instrucciones para una línea de tapones para los oídos.

Se trataba de un texto largo y monótono, sólo aderezado por alguna frase puntual de advertencia como «no usar ininterrumpidamente durante más de 72 horas», «no ingerir», o «no utilizar instrumentos punzantes para introducir el tapón en el oído». Leo tuvo la tentación de incluir alguna aportación de su propia cosecha sobre, por ejemplo, lo inadecuado de usar los tapones después de calentarlos en el microondas, e incluso llegó a escribirlo en el documento, pero lo borró inmediatamente después ligeramente avergonzado. Desde luego no habría sido la primera vez que adornaba alguno de aquellos textos que nadie iba a leer, pero parecía algo más propio de otra época. Leo suspiró. Todavía le faltaban unos años para los treinta y ya se comportaba como un viejo.

Por lo menos, pensó, no necesitaba en absoluto aquellos tapones, así que no corría el riesgo de confundirlos con chicles de menta. Hacía tiempo que su apartamento se había convertido en un remanso de paz, en el que los únicos sonidos que solían penetrar eran el golpeteo eficiente de las teclas de su ordenador y las voces de las películas clásicas que veía algunas noches. A veces, Leo se preguntaba si siempre le había gustado tanto el silencio, o si había sido solamente durante esa última etapa de su vida en la que había decidido limitar lo más posible su interacción con el mundo exterior. O puede que no hubiera sido una decisión, sino más bien un proceso natural, un desenlace lógico. Tampoco es que se hubiera convertido en uno de esos *hikikomori* japoneses de los que hablaban las noticias, recluidos en un aislamiento absoluto al ser incapaces de asumir los roles que la sociedad les imponía. En el caso de Leo se trataba más bien de una ausencia de motivaciones, nada demasiado patológico. No es que entrara en pánico cuando tenía que bajar al supermercado, pero lo cierto es que, desde que había descubierto las compras por internet, podían pasar fácilmente días enteros entre una salida al exterior y la siguiente.

Desde luego, todas sus incursiones en la ciudad eran de carácter puramente práctico. Habían pasado ya dos años desde la mudanza, y si hubiera querido tomar unas cervezas, Leo no habría sabido por dónde empezar a buscar compañía. Había llegado con un solo vínculo, tirando de una soga de aspecto firme que había acabado por quebrarse de un día para otro sin que Leo entendiera por qué, de repente, sus puños sólo sujetaban aire. Ella se llamaba Virginia, y era, según todos los manuales, el amor de su vida. Había llegado justo después de la época de sexo autodestructivo con Clara, cuando su vida se tambaleaba entre whisky barato, colchones sudados y un sentimiento intermitente de culpa, y había puesto todo en orden casi sin proponérselo. Ella solía decir que había sido el destino quien la había colocado junto al móvil que Leo se había dejado en una cafetería minutos antes, que incluso el horóscopo había predicho su encuentro.

Después de eso, se habían sucedido los mensajes tímidos, los besos bajo la lluvia, incluso el descubrimiento de que habían coincidido en un campamento de verano cuando eran unos niños sin llegar siquiera a conocerse. Era como una de aquellas comedias románticas americanas que Leo detestaba, sólo que con mejores conversaciones y mucho más sexo. Suficiente, en definitiva, como para dejar atrás el resto de su mundo y seguirla a la capital.

En Madrid, Leo se había acostumbrado a los atardeceres pintados con brocha de la capital: escenario perfecto para largos besos en el balcón, incluso para actos algo más impuros debajo de una manta de cuadros. Sin embargo, con el tiempo había descubierto que los colores pastel del cielo, aquellos rosas casi cursis, eran en realidad consecuencia directa de la polución, humo maloliente de tubos de escape, sólo que disfrazado por los últimos rayos de luz. Virginia debía haber sido algo así, con masas oscuras de aire manchado donde él sólo veía color y pureza, porque la decadencia de aquella relación había sido tan inesperada como rápida una vez desvelada. Casi instantánea. Los detalles que habían marcado la presencia de Virginia en su piso habían desaparecido de un día para otro como si nunca hubieran estado allí, dejando a Leo más de una vez mirando extrañado el hueco donde antes estaba la colección de figuritas de Virginia: pequeñas réplicas de esculturas de mujeres desnudas. Después de aquella historia, la idea de salir del apartamento había pasado a resultar mucho menos atractiva.

En circunstancias normales, el trabajo le habría obligado a salir de casa todos los días, quizás incluso a establecer alguna amistad local. Leo no se consideraba una persona especialmente asocial, y con el tiempo suficiente, era razonablemente capaz de hacer amigos. Sin embargo, poco después de contratarle, cuando apenas había empezado a conocer a sus compañeros de trabajo, la empresa había optado por un recorte de gastos en infraestructura y había mandado a la mayoría de su plantilla a trabajar desde casa. Al fin y al cabo, para realizar las traducciones que le enviaban, Leo solamente necesitaba un ordenador con conexión a internet. Y silencio, por supuesto.

Su anterior vecina, a la que el resto de inquilinos saludaban siempre como «Señora María», le había puesto algo más difícil este último requisito, con programas de teletienda a todo volumen a las dos de la mañana, completados con golpes de bastón y con los maullidos, si es que aquel sonido enfermizo podía calificarse así, de su gato, igual de insomne que su dueña, además de infinitamente más obeso. Leo lo había visto por primera vez subido a una mesa en el balcón vecino, un gato amarillento tan gordo que hacía irrelevante cualquier información sobre su raza. En aquel momento, no sabía si resultaba más sorprendente que un animal pudiera asemejarse tanto a una esfera, o que aun así hubiera sido capaz de trepar desde el suelo hasta la superficie de la mesa.

Por supuesto, aquella primera vez que había visto al gato, Virginia todavía no le había abandonado, así que todo el odio que pudiera sentir por aquel animal y por su dueña estaba amortiguado por una reluciente capa de continua ensoñación. Había sido después de la ruptura cuando las paredes del apartamento habían pasado a parecer hechas de cartón, y cuando cada oleada de admiración que se despertaba en el televisor del sexto B ante las maravillas de una revolucionaria licuadora portátil había provocado una tanda de golpes furiosos contra la pared, sin más consecuencia que alguna que otra muesca en el gotelé del dormitorio de Leo.

Por suerte para él, hacía ya más de tres meses que la señora María había abandonado el apartamento, concretamente en un féretro lacado de pesado aspecto. Cáncer, según entendió en los fragmentos de conversación que le llegaron, aunque a esa edad bien podría haber sido cualquier otra cosa. Mientras los empleados de la funeraria sacaban el ataúd, Leo había podido visualizar a su través, como si estuviera fabricado de cristal, el pelo cardado de la señora María y una de aquellas banderitas franquistas que siempre llevaba en la solapa cuando se cruzaba con ella en el ascensor. Su compañero de piso, aquella bestia torpe que según descubrió ese mismo día casualmente respondía al nombre de Aries, había dejado el piso junto a su dueña. O mejor dicho, sobre ella, puesto que se había acomodado sobre el ataúd con gestos hastiados y ni los familiares ni los empleados de la funeraria habían sido capaces de moverle de ahí. Leo no estaba seguro de si esa actitud del gato tenía su origen en la fidelidad a su dueña, en algún tipo de atracción felina por los cadáveres (Leo no se atrevió a preguntar si llevaba mucho tiempo muerta cuando la encontró la asistenta), o si simplemente aquel bicho había visto algún documental sobre Egipto y quería ser enterrado con ella; pero, en cualquier caso, había tenido que reprimir la risa ante aquella imagen.

Después de aquello, el piso de la señora María, el único con el que Leo compartía planta, no había vuelto a ser ocupado. Puede que se debiera a disputas entre familiares, a la economía, o a que por él vagaba el fantasma de la anciana, pero hasta donde Leo sabía, la puerta del apartamento no había vuelto a abrirse en aquellos meses. Él, mientras tanto, había vuelto a acostumbrarse al silencio, a disfrutarlo incluso; y aunque puede que alegrarse de la calma implicara en parte alegrarse del origen de la misma, Leo no se sentía demasiado culpable.

Sin embargo, aquel día, mientras Leo traducía los compuestos químicos que conformaban los tapones para los oídos, una sola palabra rasgó el silencio como una daga, haciéndolo sangrar incluso después de que sus tres sílabas se desvanecieran. Un susurro firme al oído, una orden.

«Fóllame».

Tauro

«Fóllame».

Leo, sorprendido, levantó la cabeza apartando la vista de la pantalla del ordenador sobre la que estaba encorvado. Había oído aquella palabra con total nitidez, como si los labios que la habían pronunciado estuvieran a punto de rozar el lóbulo de su oreja. Ligeramente asustado, miró a su alrededor sin saber muy bien qué esperar. El piso estaba vacío, y el único sonido que se oía era el zumbido monótono del ventilador interno del ordenador. Leo imaginó que aquella voz vendría de la calle, quizás de algún dormitorio con la ventana abierta; pero todas las ventanas del piso permanecían cerradas, a pesar de que el calor del interior de la casa reclamaba con urgencia un poco de aire fresco.

La única explicación posible era que aquella voz de mujer procediera del piso de al lado, pero aunque sabía por experiencia que las paredes de aquel viejo edificio no estaban precisamente insonorizadas, el sonido había sido demasiado claro como para haber atravesado un muro. Aun así, se levantó intrigado y se acercó a la pared de su dormitorio, directamente en contacto con el piso vecino. Sintiéndose un poco infantil, acercó el odio al muro. La pared estaba caliente, demasiado incluso para aquella noche sofocante. Un golpeteo rítmico le sobresaltó en el mismo instante en el que su oreja tocó la pared. Si no hubiera oído antes la voz de la mujer, probablemente lo habría considerado un sonido inocente, quizás un nuevo vecino instalándose o alguien limpiando el piso de cara a su futura venta. Sin embargo, a la luz de aquella palabra, la naturaleza del sonido resultaba bien distinta. Cuando los gemidos empezaron, no quedó lugar para la duda.

Leo soltó una risilla infantil y escuchó todavía unos segundos más, preguntándose quién podría ser. Le extrañó no haber oído a nadie entrando en el piso, pero probablemente se debiera a que estaba absorto en la traducción. Quizás se trataba de algún familiar de la señora María aprovechando la vivienda vacía como picadero, o incluso de algún trabajador avispado de la inmobiliaria. En cualquier caso, Leo dudó de que la decoración del apartamento fuera especialmente adecuada para ese tipo de actividades. Jamás había puesto el pie en el sexto B, pero podía imaginarse muebles recubiertos con ganchillo, cuadros con motivos de caza y una cama vieja con dintel. Quizás algún animal disecado en el salón, un zorro, o el antecesor de aquel gato fofo. Puede que incluso algún busto de Franco.

Desde luego, todo eso no parecía importarle a quien fuera que estuviera al otro lado de la pared, porque los gemidos seguían aumentando. Leo decidió ignorarlos y aprovechó que se había levantado de su escritorio para abrir la ventana de su habitación. La temperatura exterior no era demasiado diferente, y como venía haciendo los últimos días, Leo maldijo para sí mismo el verano, insufrible ya desde sus inicios. Más consciente de repente del calor y de su camiseta sudada, se la quitó sin molestarse en ponerse otra, y la dejó tirada junto al resto de ropa sucia. Viendo la proporción de camisetas viejas y de propaganda del montón de la colada, se preguntó cuánto tiempo haría que no se arreglaba.

No se molestó en calcularlo. Su atención había vuelto a la pared de la habitación, a través de la cual los jadeos habían dejado de filtrarse, siendo sustituidos por lo que interpretó como un suspiro decepcionado. Al parecer, la mujer no estaba demasiado satisfecha con la actuación de su amante. Leo sonrió. Quizás el hombre se despistara en plena acción al ver un retrato de la señora María. Por alguna razón, el fiasco que se imaginaba en el sexto B le hizo recordar sus propios inicios sexuales. Él tenía diecisiete años, y ella (no conseguía recordar su nombre), casi el doble. Demasiada presión para aquella versión inexperta de sí mismo, con el consiguiente gatillazo a mitad de faena. Durante mucho tiempo, Leo había enrojecido cada vez que recordaba aquel incidente, pero ahora no dejaba de parecerle una anécdota sin importancia.

Mientras volvía al salón, Leo notó de nuevo el sonido de una respiración volviéndose pesada, y de algún objeto, tal vez un despertador, cayendo al suelo sin que nadie le prestara atención. A Leo le asustó que el sonido fuera tan claro como para poder reconstruir con detalle la escena al otro lado del muro (podría jurar que la mujer estaba ahora proporcionándole sexo oral mientras el hombre permanecía tumbado en la cama, con los ojos cerrados y los brazos inertes), pero no se preocupó por el momento. Le alegraba que, al igual que en su caso de hacía más de una década, el fracaso inicial no hubiera marcado el final de la experiencia.

Una vez en el salón, Leo buscó entre las carpetas de su ordenador una vieja película de Billy Wilder y la puso a suficiente volumen como para amortiguar cualquier otro sonido. No tenía demasiadas ganas de reencontrarse con Jack Lemmon, pero había empezado a sentirse un poco violento en aquella situación. Quizás por eso mismo, el calor parecía emanar ahora de su propio cuerpo, como si acabara de hacer un ejercicio intenso. Sin molestarse en pausar la película, se acercó a la puerta que daba al balcón y la abrió con dificultad. Cada día estaba más oxidada.

Como si estuviera sincronizado con el sonido de disparos de la película, un gato aprovechó para colarse dentro del piso, escabulléndose entre las piernas de Leo, que se echó hacia atrás asustado. Después, el animal se subió con agilidad al sofá, desde donde se quedó observando fijamente a Leo. Enfadado tanto por aquel huésped inesperado como por su propia reacción, intentó sin demasiada convicción espantarle hacia la ventana, sin producir el más mínimo efecto en el felino.

Sólo entonces, mirando con atención sus rasgos impasibles, reconoció a Aries, el gato de su anterior vecina. Estaba algo sucio y descuidado, y las reservas de grasa que antes arrastraba habían desaparecido, siendo sustituidas por un cuerpo esquelético, apenas un saco de huesos. Sin embargo, Leo reconoció el pelo amarillento, la oreja picada y esa apariencia de satisfacción constante que mantenía incluso en aquellas condiciones. Como confirmando su descubrimiento, Aries emitió su maullido característico, casi más propio de una rata que de un gato.

Recordando la escena en la que había visto por última vez al animal, se apiadó lo suficiente como para buscar en su cocina una lata de atún en conserva y volcarla en un bol de cereales. A pesar de ello, nunca había sentido demasiado aprecio por los animales, especialmente por aquellos que, por lo que él sabía, bien podían haber pasado los últimos meses alimentándose de basura; así que dejó la comida al otro lado de la ventana y la cerró con fuerza cuando Aries salió para dar cuenta de ella. Preguntándose si aquella reaparición tendría algo que ver con la sesión intensiva de sexo que continuaba en el piso de al lado, Leo se sentó delante del ordenador y se preparó para disfrutar del resto de la película, ignorando la mirada lastimera que le reclamaba desde el otro lado del cristal.

Cuando los títulos de crédito aparecieron en la pantalla, Leo se sentía mucho más satisfecho, y casi había olvidado la causa que le había impulsado a verla. No obstante, en cuanto apagó el ordenador, dispuesto a dormir, comprendió que los gemidos seguían ahí, más definidos incluso, y perfectamente audibles desde el salón. Era como si el sonido procediese a la vez de todas las paredes del piso, o como si éstas se hubieran cansado de retenerlo y lo dejaran pasar sin ninguna amortiguación, permitiendo que se expandiera hasta ocupar todo el espacio del apartamento. Parecía físicamente imposible que los jadeos se oyeran de aquella manera tan nítida, que los muelles crujieran como si fuera él el que los aplastaba.

Todo el aire parecía impregnado de sexo, y hasta su piel parecía ser consciente de ello. Los gemidos se habían convertido en gritos, alcanzando un volumen imposible. No sólo eso. Leo podía oír con claridad cada detalle. Carne rozándose con cada movimiento, una garganta tragando saliva. Mientras oía, o más bien sentía, cómo dos cuerpos se consumían al otro lado de la pared, él ya no podía moverse, al mismo tiempo asustado y avergonzado por una erección involuntaria.

Se sintió transportado a sus encuentros con aquella mujer mayor. Laura. De repente lo recordaba todo claramente. Su olor, la cicatriz en su abdomen. Recordaba también que nunca hablaba de ella misma. Sólo sabía que era profesora de Historia o algo parecido en la universidad, y que a veces llenaba los silencios que seguían al sexo con historias sacadas de la mitología griega. Cualquier cosa con tal de evitar temas más complicados, suponía él. Le gustaba especialmente la leyenda de Zeus raptando a Europa transformado en toro. Era más una violación que un rapto, le había aclarado ella, y se había echado a reír. Probablemente había sido la única vez que había oído su risa.

Leo recordó también a la perfección aquel último polvo en el coche, con todo su equipaje cargado en el maletero sin que él lo supiera. Laura había gritado hasta asustarle, aunque ahora intuía que él no había tenido nada que ver. Quizás como disculpa, o despedida, en el último momento, con aquel orgasmo antes de desaparecer, había gritado su nombre, y Leo se había sentido indestructible.

Los gritos de la mujer al otro lado de la pared le recordaban a los de Laura. Urgentes, histéricos casi. Como si el mundo la hubiera derrotado pero a ella ya no le importara. La vorágine de gritos y sonidos siguió aumentando, mientras todos los músculos de Leo se tensaban hasta agarrotarse. Entonces, tras un instante de silencio contenido antes de la culminación, aquella mujer gritó un nombre. Una súplica. Un mantra. «Leo».

Perdido en el silencio que de repente le rodeaba, Leo sintió un escalofrío.

Acuario

Leo casi no durmió aquella noche. Los ruidos del piso de al lado habían dado por fin paso a una calma densa, tan pegajosa como el sudor de su ropa, y su corazón seguía latiendo desacompasado, como si estuviera siendo sacudido por los altavoces de una discoteca. El calor de agosto tampoco ayudaba.

Aunque ahora su apartamento estuviera en calma, resultaba imposible olvidar cómo las paredes habían destilado sexo, cómo su propia piel lo había sentido, trayendo al presente viejos recuerdos que creía desterrados. Cada exhalación entrecortada había atravesado los ladrillos y la pintura para pegarse a su cuello y a su oído, mezclándose con el aire estanco de las escenas de su pasado. Y luego estaba aquel grito. Estaba seguro de que quien fuera que hubiera estado follando en el piso de enfrente había gritado su nombre, exactamente igual que aquel día en que la mujer con la que había perdido la virginidad había desaparecido para siempre de su vida. La lógica le decía que todo debía de ser producto de una casualidad, pero su propio cuerpo le decía que había algo más. Era como si su piel estuviera cargada de electricidad, impidiendo que su ritmo cardíaco se calmara y, mucho menos, que pudiera conciliar el sueño.

Hasta su habitación parecía más pequeña. La cama, los muebles, incluso las camisetas tiradas en el suelo, todo parecía ocupar más espacio de lo normal. Las fotos de Virginia, que después de tanto tiempo seguía sin quitar de la pared, parecían haber crecido, o incluso haberse multiplicado. Como tantas otras veces, se planteó descolgarlas de una vez por todas, aunque fuera para ganar unos centímetros de espacio vital; pero, como siempre, se recordó a sí mismo que en realidad no significaban nada, que eran sólo un recuerdo de otra época, y que quitarlas habría sido negar el pasado, no aceptarlo. También, como siempre, no estuvo muy seguro de creerse a sí mismo.

Cuando al final se impuso el cansancio, estaba a punto de amanecer. La ventana de la habitación seguía abierta, y el sol de verano no tardó en atacar con fuerza; pero años de horarios arbitrarios habían vuelto a Leo casi inmune a la luz durante las horas de sueño. Sin horarios fijos de trabajo ni necesidad de coordinarse con otras personas para ningún evento social, no había motivos para mantener un ritmo convencional de vida. El año de universidad que había pasado en Londres también había colaborado. Puede que el sol no brillara con tanta fuerza a través de la neblina londinense, pero aun así Leo no terminaba de entender por qué un invento tan simple como las persianas no había conseguido traspasar ciertas fronteras. Al principio había luchado contra la luz matutina, escondiendo la cabeza entre almohadones y gruñidos, pero pronto se había acostumbrado. Además, durante aquel año, por sus venas corría más cerveza que sangre, así que la mayoría de los días su sueño estaba asegurado incluso en mitad de un campo de batalla con fuego cruzado.

Le despertaron los primeros compases de una musiquilla que tardó en reconocer como el tema de aquel musical hippie que siempre había odiado. No conseguía acordarse del nombre. A medio camino entre el sueño y la realidad, le costó comprender que aquellos acordes sesenteros provenían de su móvil. No recordaba siquiera haber grabado esa canción en el teléfono.

—¿Sí? —Su boca estaba pastosa. Necesitaba urgentemente un vaso de agua. Se incorporó de la cama mientras esperaba una respuesta desde el otro lado, notando una erección matutina. No recordaba los detalles, pero tenía la sensación de haber soñado con Virginia. Inconscientemente, acercó su mano libre a la entrepierna.

—Todavía se ve la luna llena en el cielo. Es normal estar alterado. —Leo enrojeció, sintiendo como si su vergüenza fuera palpable a través de la línea telefónica. Se trataba de una voz de mujer, pero Leo no conseguía identificarla.

—Perdone, ¿quién es usted?

—Me temo que no hay una respuesta sencilla a esa pregunta. Verás, no nos conocemos, y sin embargo, he formado parte de tu pasado, y puede que también de tu futuro.

—Lo siento, pero no sé de qué me está hablando. Creo que se ha equivocado.

—Por favor, no saques conclusiones precipitadas. Permíteme que te haga una pregunta —aquella mujer hablaba despacio y sin elevar la voz, con la seguridad de quien está acostumbrado a ser escuchado—: ¿alguna vez consultas tu horóscopo?

—Si está intentando venderme algún consultorio astrológico o algo así, le aviso que no podría haber elegido peor momento.

—Tranquilo, Leo, no me interesa tu dinero. Mis motivos son mucho menos terrenales. Puedes considerarme una especie de guía, un intermediario entre las personas y los astros. Verás, los horóscopos, al igual que todas las técnicas de adivinación, se basan en la creencia de que en el universo operan fuerzas mucho más poderosas que nosotros mismos, fuerzas que nos guían por el camino que hemos de seguir, marcando nuestro destino.

»Sin embargo, las cosas no siempre son tan sencillas. Hay ciertos momentos en los que esas fuerzas chocan entre sí, dando lugar a una energía tremendamente inestable. Cuando eso ocurre, la menor perturbación puede terminar de desequilibrarla, provocando reacciones en cadena totalmente imprevisibles. Son acontecimientos muy poco frecuentes, pero pueden llegar a tener consecuencias devastadoras.

—¿Y se puede saber qué tiene que ver todo eso conmigo?

—Es lo que estoy tratando de explicarte. Dentro de tan sólo dos días, Júpiter se alineará con Venus, sus fuerzas colisionarán, y tú, Leo, estarás en el centro del torbellino.

—En serio, no me gustaría ser maleducado, pero no he tenido un buen día, y esta broma empieza a resultarme molesta. —Leo había aguantado hasta entonces con una mezcla de sorpresa y curiosidad, pero ya no tenía ninguna intención de seguir escuchando tonterías. En realidad, lo único que quería era volver a la cama, volver a disfrutar del sueño del que aquella llamada le había privado.

—Precisamente eso que tú llamas un mal día son los primeros efectos de todo lo que te estoy contando. La niebla se está acumulando mucho más rápido de lo que imaginaba, y ya apenas se distingue el futuro. Precisamente por eso necesito que me escuches.

»Verás, puede que no seas consciente de ello, pero toda tu vida ha seguido un plan. De todos los caminos que has recorrido, unos han sido más difíciles que otros, pero todos, sin excepción, te han ido acercando a tu destino. En tu caso, ese destino siempre ha estado ligado a una misma persona, y siempre ha sido brillante, aunque tú no pudieras verlo.

»En realidad, ya has estado muy cerca de alcanzar esa luz. La has rozado con la punta de los dedos, has sentido su calor, pero el cosmos es complejo, y no era el momento adecuado. Aun así, tu destino sigue atado al de esa persona, y en condiciones normales, estarías a punto de volver a tenerla entre tus brazos.

—¿Virginia? —No había querido entrar en aquel juego, pero el nombre había surgido de los labios de Leo como si tuviera vida propia.

—Piénsalo. ¿Sabes qué día es pasado mañana? Es 22 de agosto, exactamente el día en que el sol abandona Leo y entra en Virgo. No es una casualidad que ella vaya a regresar justo entonces.

Todos los sentidos de Leo se agudizaron de repente, olvidando por unos momentos el sueño. ¿Realmente aquella mujer le estaba diciendo que Virginia iba a volver? Y exactamente dentro de dos días, por si fuera poco.

Tenía que ser una tomadura de pelo, no había duda. Al fin y al cabo él había sido el que había pronunciado su nombre. Hasta entonces sólo había escuchado frases vagas. Jerga astral y lugares comunes que él se había encargado de dotar de significado. A pesar de ello, no pudo evitar contener el aliento.

—Normalmente, su regreso sería el final de la historia —al otro lado de la línea, la mujer seguía hablando—, pero nos encontramos ante circunstancias poco usuales. La alineación astral, el cambio de signo, todo ha confluido en un solo instante, y tu futuro se ha vuelto inestable. Un movimiento equivocado y todo podría desmoronarse.

»Al final, todo se reducirá a un solo momento. Todas las preguntas se convertirán en una, y si eliges mal tu respuesta, si apuestas a la cara equivocada de la moneda, todo tu viaje no habrá servido de nada.

—Y supongo que no tendrá intención de decirme cuál es esa pregunta tan trascendental.

—Me temo que eso es algo que ya sabes, aunque no hayas sido capaz de formularlo con palabras. Lo que tienes que decidir es si eres capaz de aceptar el destino, de dejar que el universo siga su curso y se cumpla el futuro que siempre esperaste, o si por el contrario vas a rebelarte contra los astros y dejar que el caos domine tus acciones.

»Piénsalo bien, Leo, porque si eliges el camino equivocado, probablemente no sobrevivas.

♐

Sagitario

La línea permaneció en silencio después de aquella amenaza. Quienquiera que estuviera al otro lado de la línea parecía esperar una respuesta, pero Leo no tenía ni idea de qué decir. Por si no tuviera bastante con que su pasado se hubiera materializado en el piso contiguo convertido en una pareja que no dejaba de follar, ahora venía una desconocida a hablarle de su muerte. Sexo y muerte. A eso se reducía todo. Freud habría estado contento.

Normalmente habría ignorado directamente aquella llamada, pero la idea de poder estar hablando de Virginia le volvía reticente a colgar el teléfono. En realidad, la asociación no había sido casual. Virginia siempre había sido una firme defensora del destino, los horóscopos y todas aquellas tonterías astrales de las que Leo siempre se había burlado. Rara vez salía de casa sin consultar lo que el día le deparaba a su signo, y siempre aprovechaba para hacer la misma broma leyendo a Leo la predicción de su nombre en lugar de la que le correspondía por nacimiento,

Sagitario. Decía que para qué iba a leer la de su signo, compartida por millones de personas con las que no tenía nada que ver, cuando había una escrita exclusivamente para él.

Ahora que lo pensaba, creía recordar que Virginia le había hablado alguna vez de un consultorio astrológico al que recurría. Él le había contestado con un largo discurso sobre cómo todo aquello eran inventos para eximirse de responsabilidades, una forma de ignorancia o de cobardía. Sin embargo, quizás ella había seguido llamando a alguna vidente, y quizás ahora esa vidente se había puesto en contacto con él. Era una teoría absurda, pero de alguna forma encajaba con todo lo que había dicho la mujer del teléfono.

De todas formas, incluso si ése era el caso, Virginia nunca habría utilizado de intermediario a alguien así para avisarle de su regreso. O al menos eso quería creer; era difícil afirmar algo con seguridad después de aquella marcha apresurada y sin justificación. Por un momento, Leo fantaseó con una llamada de la propia Virginia anunciando su regreso. Casi podía oír su voz. Puede que el tiempo hubiera pasado y que algunos matices se hubieran emborronado en su memoria, pero había otros que permanecían inmunes, como la vehemencia de todas sus afirmaciones o el recuerdo de su sonrisa a través del teléfono. Leo podía notar cómo se extendían las comisuras de sus labios sólo con oírla. En contra de su propia voluntad, aquel recuerdo le puso de mal humor.

—Lo siento —dijo Leo finalmente—, pero ya me he cansado de esta conversación. Puede probar sus predicciones y sus amenazas con el siguiente número de la guía telefónica.

—Leo. Un signo escéptico, reticente al cambio. ¿Sabías que es un signo de fuego? Como Aries, y también Sagitario. Pero Leo es mucho más poderoso que los otros. Su constelación proviene del León de Nemea, una fiera indestructible, casi inmortal. Sin embargo Hércules acabó con él. Le encerró en una cueva, en un callejón sin salida, y ahí le ahogó. Al parecer, incluso los seres más poderosos pueden morir por culpa de un abrazo.

—Voy a colgar.

—Hazlo, si es lo que deseas, pero recuerda: sólo quedan dos días, y la pregunta va a seguir ahí. Es algo inevitable. Te recomiendo que consultes el horóscopo, quizás te ayude.

—Lo que usted diga. Adiós.

Leo colgó el teléfono y lo sujetó, inmóvil, durante unos segundos con las manos crispadas. Todo lo que le había pasado en las últimas horas parecía una broma de mal gusto, pero francamente dudaba de que a nadie le importara lo suficiente su vida como para molestarse en jugar con ella. Era como si desde la experiencia de la noche anterior, todo se hubiera vuelto más irreal, más incomprensible. Como si un niño hubiera desordenado por accidente las piezas de un puzle y ya no supiera cómo volver a montarlo. Corroborando esa teoría, algo rozó de repente la pierna de Leo, haciéndole saltar hacia atrás asustado. En el suelo, Aries se atusaba el bigote con la pata manteniendo su habitual mirada de indiferencia. Leo no tenía ni idea de cómo había conseguido entrar en el piso, pero desde luego, con tanta charla zodiacal, no se podía negar que aquel gato tenía el don de la oportunidad.

Decidió ignorarle por el momento y volvió a pensar en la llamada, y en qué le diría a Virginia si realmente aparecía por la puerta en tan sólo dos días. Probablemente no supiera ni por dónde empezar. Sintiéndose algo avergonzado, escribió «horóscopo» en el buscador de su ordenador y entró en una página al azar. Tenía un diseño cutre y signos zodiacales dorados apelotonados por todas partes, pero por lo menos no parecía que fuera a pedirle dinero.

Tal vez había sido la mención a su muerte, o el hecho de pensar en Virginia, la cuestión es que sintió una cierta angustia mientras buscaba su signo entre aquella maraña de enlaces y anuncios. No encontró nada especial en la predicción de Sagitario. Frases genéricas sobre oportunidades laborales y sobre la necesidad de hacer deporte. Respirando un poco más tranquilo, se preguntó quién escribiría aquellas tonterías. Quizás alguien como él, trabajando desde casa con un sueldo de mierda y un piso lleno de ruidos. Por costumbre, leyó también el texto para el signo de Leo. «Desconfía de tus vecinos y de sus intenciones. Las respuestas que necesitas sólo están en tu interior».

El mundo se había convertido definitivamente en un lugar extraño. Intentando no darle mucha importancia, Leo terminó de leer el resto de signos. El de Aries rezaba «Encontrarás a un viejo conocido. Juega bien tus cartas y tendrás sorpresas agradables». Un maullido oportuno acompañó aquellas palabras desde debajo de la mesa. Con un suspiro incrédulo, Leo miró al gato y se levantó en busca de algo que darle de comer. No estaba muy seguro de que los gatos comieran galletas, pero puso unas cuantas en un plato en el suelo de la cocina junto con un bol de leche. Como si hubieran estado esperando esa misma señal para despertar, la habitación empezó a llenarse nuevamente de sonidos de sexo procedentes del piso contiguo. Parecían algo distintos que los de la noche anterior, al menos los de ella. Leo estaba casi seguro de que se trataba de otra mujer, pero no pensaba quedarse a comprobarlo.

Se puso unos vaqueros viejos encima del pijama, una camiseta más o menos limpia y decidió salir a la calle. Rebuscó las llaves entre los papeles de su escritorio, preguntándose cuántos días haría que no las necesitaba. Cuando finalmente las encontró, salió sin molestarse en evitar un portazo, y llamó al ascensor. Con la mente todavía nublada por el insomnio, Leo se quedó mirando con recelo la puerta del sexto B, como si aquellos sonidos pegajosos y escurridizos bloquearan los engranajes de su cerebro. Tardó un rato en darse cuenta de que el ascensor no se movía.

El botón seguía encendido, pero lo único que se oía en el pasillo eran jadeos y susurros. Ni el menor ruido de motores. Asqueado, se imaginó que alguien habría dejado la puerta abierta en alguna otra planta y maldijo a aquel viejo edificio y su ascensor sin muelles en las puertas.

Cuando bajó y descubrió que la salida de la portería estaba cerrada con llave, Leo asumió que estaba atrapado en aquel edificio.

♓

Piscis

La primera novia formal de Leo se llamaba Esther, y como siempre se encargaba de aclarar, su nombre no tenía nada que ver con el Antiguo Testamento, sino con las estrellas. Más concretamente con las de Hollywood. Su padre había visto *Escuela de Sirenas* más veces que ninguna otra persona sobre la faz de la tierra y, cuando después de tener dos varones descubrió que su siguiente retoño iba a ser una niña, no dudó en imponerle el nombre de su admirada Esther Williams.

La verdad es que Esther no había heredado de su homónima americana ningún interés por la natación ni por la interpretación, pero era innegable que tenía una cierta aura de estrella de cine. Durante el año que Leo compartió clase con ella en la universidad antes de llegar siquiera a hablar con ella más de dos frases, siempre se había maravillado de cómo podía parecer tan perfecta incluso con un pantalón de chándal y una camiseta. Cuando finalmente empezaron a salir y la vio cambiarse de ropa para que encajara con los colores de la de él, descubrió que su belleza descuidada era cualquier cosa menos casual.

Incluso las fotos de aquella época en las que aparecían juntos tenían cierto aire de reportaje de revista, o incluso de fotograma de película. Su hermano mayor se dedicaba precisamente a la fotografía, y durante el año que Leo salió con Esther, consiguió fotografiarles tumbados en el sofá con luz tenue y posición romántica calculada al milímetro, mirándose en mitad de un campo de trigo con el sol brillando y el viento jugueteando con la melena castaña de ella, e incluso abrazados en ropa interior, durante lo que Leo consideró la experiencia más vergonzosa y psicológicamente cuestionable de su vida.

Cualquiera que viera aquellas instantáneas podría pensar en un romance épico y en sexo pasional en una azotea al atardecer, pero la realidad resultaba bastante más mundana una vez eliminados los filtros fotográficos y los retoques por ordenador. La apariencia de pareja perfecta se rompía especialmente en la cama, donde Leo consideraba que su novia tenía una visión, cuanto menos, limitada. Por ejemplo, que Esther le proporcionara sexo oral era algo impensable, y cuando Leo intentó hacer lo propio, ella le miró como a un pervertido y prácticamente le echó a patadas de la cama.

Antes de Esther, la única experiencia sexual que Leo había disfrutado se la aportó la profesa de Historia, una mujer con bastantes más años y muchos menos complejos; y ahora, que era él quien tenía que encargarse de tomar la iniciativa, no tenía ni idea de cómo hacerlo. Al final, durante los doce meses que salieron juntos —o más bien durante los ocho en los que el sexo fue parte de la relación—, no fueron mucho más allá de la masturbación mutua y de la postura del misionero, siempre acompañados por una rutina de jadeos tan perfectamente rítmica e inmutable de una ocasión a otra que Leo no podía evitar pensar si no la repetiría de memoria mientras pensaba qué ropa se pondría al día siguiente.

Precisamente ese mismo jadeo familiar era el que Leo estaba oyendo durante la tarde del día 20 de agosto más caluroso que recordaba. Incluso a través de los auriculares a todo volumen, podía escuchar los mismos gemidos sin emoción, casi de cortesía, que hacía seis años habían llenado de inseguridades sus noches de sexo (nunca follaban durante el día, Esther lo encontraba de mal gusto). Hasta aquella tarde, Leo había creído que todo aquel episodio, los nervios y la torpeza realimentándose habían caído en el olvido, enterrados por otros orgasmos con otras amantes. Sin embargo, al volver a oír los mismos grititos monótonos, su cuerpo se trasladó sin remedio al colchón de sábanas rosas de Esther, y su mente volvió a llenarse de todos los pensamientos agolpados que le habían impedido en su día disfrutar del sexo sin preocupaciones.

O quizás no lo estaba oyendo realmente. Quizás no eran los sonidos de Esther, ni habían sido los de Laura, y simplemente estuviera perdiendo el juicio por culpa de quienesquiera que siguieran follando como conejos en el antiguo piso de la señora María. Aturdido, Leo tiró al suelo los auriculares y miró con odio al gato que le observaba desde el otro lado de la puerta del balcón, como si el animal fuera el responsable de todo lo que estaba pasando. Como si fuera él quien hubiera cerrado las puertas de la escalera, estropeado al ascensor, e invocado aquel maratón de sexo que, cada vez lo tenía más claro, le estaba haciendo volverse loco.

Lo peor de todo es que no podía evitar sentirse excitado. Su cuerpo parecía tener vida propia, incluso recordando el sexo más triste de toda su vida. Incluso encerrado en su propia casa y aplastado entre los sonidos del apartamento vecino y llamadas de teléfono que hablaban de horóscopos y conjunciones astrales. El mundo estaba cediendo al caos y Leo tenía una erección. En realidad no le habría sorprendido tanto ese estado si no fuera porque desde que Virginia le había abandonado, se había convertido en un ser prácticamente asexual. Su colección de pornografía seguía cogiendo polvo en el disco duro de su ordenador y las pocas veces que optaba por el onanismo, solía recurrir a escenas con Virginia, ya fueran recuerdos o fantasías en las que ella volvía arrepentida y él la perdonaba para después aplastar su cuerpo con fuerza contra el suelo de la cocina. No era algo de lo que se sintiera orgulloso, pero al fin y al cabo tampoco hacía daño a nadie por imaginarlo.

Con un suspiro, Leo volvió a convencerse de que masturbarse en aquella situación habría sido no sólo humillante sino directamente una derrota, y fue a la cocina a prepararse algo de comer. No estaba seguro de cuántas horas llevaba escuchando sin interrupción aquellos ruidos, pero en todo ese tiempo no recordaba haber comido nada. Más por centrarse en alguna actividad que por apetito, se preparó algo de pasta con restos de carne y verduras que encontró en la nevera. Ni siquiera el ruido del extractor amortiguaba los gemidos.

Mientras los espaguetis hervían con fuerza, y parte del agua se sobraba a borbotones sin que Leo se molestara en evitarlo, volvió a pensar en Esther. Habían estado juntos un año, así que no podía haber sido todo tan malo, pese a que Leo sólo conservara recuerdos desagradables. Quizás el problema fuera la comparación con Virginia, o incluso despecho, ya que al final había sido ella quien le había dejado. Puede que hubiera motivos más importantes detrás, pero lo que Leo siempre recordaba de su ruptura era la noche anterior, cuando al eyacular después de otra sesión anodina de sexo, parte de su semen había acabado en el pelo de Esther. Para Leo, el problema de aquel mundano accidente no había consistido tanto en el desagrado que le había provocado a Esther el acto en sí, sino el hecho de que aquella experiencia imperfecta no podría encajar jamás con las fotografías artísticas en blanco y negro a través de las cuales Esther veía el mundo.

Un grito sorprendido, como el de aquella ocasión, y el sonido de un portazo ocasionaron que Leo regresara al presente. Tardó unos segundos en asimilar que el apartamento se había quedado en silencio, y lo que era más importante, que el ruido de la puerta significaba que había alguien en el pasillo entre los dos pisos. Corriendo a pesar de sus pies descalzos, Leo se abalanzó sobre la puerta de entrada y acercó su ojo a la mirilla. A través de la lente distorsionada, lo primero que vio Leo fue un hombre de espaldas. Tenía más o menos su altura, greñas descuidadas y una cazadora de cuero negra que le recordó a la que él mismo se había comprado tras la marcha de Virginia, y que ni siquiera recordaba haber sacado de su bolsa.

Entonces, el hombre de la cazadora de cuero se giró hacia Leo, y su cerebro se quebró en miles de cristales. Aquel hombre era exactamente igual que él. No se trataba de alguien con un cierto parecido, sino de una copia exacta de cada uno de sus rasgos. Deformado por la propia mirilla, era como mirarse a un espejo de feria que distorsionaba no sólo su imagen, sino su propia identidad. No había ninguna duda posible. Leo se estaba viendo a sí mimo. Las puertas metálicas se abrieron entonces, como si se estuvieran burlando de él, y el hombre entró en el ascensor.

Leo no podía estar seguro, pero juraría que aquel hombre, su copia idéntica, le había sonreído.

♑

Capricornio

Leo se quedó inmóvil varios minutos. Su cerebro estaba atascado en la imagen que acababa de ver, como en uno de esos cuadros de paradojas visuales en los que las columnas se convierten en aire, o una maraña de escaleras se cruzan desafiando a la física hasta que es imposible distinguir qué es arriba y qué abajo. Al igual que esas imágenes, por más veces que lo repasase, lo que había visto no tenía sentido, era físicamente imposible. Y, sin embargo, esta vez no podía ser un truco de perspectivas, Leo se había visto a sí mismo entrar en el ascensor. O más bien a una versión deformada de sí mismo, con aquella cabellera desgreñada, la cazadora de cuero que él no había tenido ocasión de ponerse y esa sonrisa de superioridad. Todavía no entendía cuál era el sentido de todo aquello, si es que verdaderamente tenía alguno, pero lo que Leo tuvo claro en aquel momento es que ese «doble» era el artífice de los sonidos de sexo que había estado escuchando.

Todavía aturdido, salió del piso y pulsó el botón del ascensor. Ya no se sorprendió cuando éste no respondió a sus órdenes. Aun así golpeó con furia las puertas metálicas sin más resultado que un dolor intenso en el puño y una pequeña mancha de sangre en el ascensor. Por lo menos el dolor era real. Algo a lo que aferrarse. Leo volvió al apartamento y fue a limpiarse las manos. Sus nudillos sangraban más de lo que había pensado en un primer momento y el lavabo se tiñó de un color rojizo. Leo se quedó mirando aquello absorto. Ya no estaba seguro ni de que esa sangre fuera suya.

El sonido de una puerta le hizo recuperarse de su estupor. Antes de poder asimilarlo, una risa juguetona al otro lado de la pared volvió a dar comienzo a una nueva serie de gritos y gemidos, igual que todas las veces anteriores, y al mismo tiempo, cada vez ligeramente distintos. Decidido a enfrentarse a aquella copia de sí mismo, salió de su piso y llamó insistentemente al apartamento vecino. La única respuesta que obtuvo fue un estruendo de cacerolas cayendo al suelo mientras los gemidos seguían aumentando. Leo cada vez tenía más claro que ese sonido estaba dirigido a él. Cada susurro, cada sonido mezcla de dolor y placer, era emitido para que fuera él quien lo oyese. Derrotado, volvió tambaleándose a su apartamento y cerró con un portazo.

Las horas pasaron, y a través de las paredes del piso fueron llegando los sonidos de una orgía interminable por la que desfilaron todos los recuerdos de Leo. Reconoció en aquel caos a la mayoría de las chicas con las que se había acostado en el año que pasó en Londres, desde la rusa con la que sólo se acostó una vez y cuyos arañazos le duraron semanas, hasta aquella chica tímida con la que estuvo medio saliendo durante unos meses y que nunca se quitaba sus calcetines de colores cuando se acostaban juntos. Reconoció sexo romántico, sexo meramente funcional e incluso algún que otro polvo torpe empapado en alcohol. La carta de un exotismo cuanto menos cuestionable le había valido más parejas sexuales que todo el resto de su vida, pero mientras se sumergía en aquellos recuerdos, condensados en un sólo flujo ininterrumpido de gritos y orgasmos, Leo maldijo cada uno de aquellos encuentros.

Cada vez que sentía que no podía más, Leo volvía a llamar al timbre, a golpear la puerta a puñetazos ignorando el dolor de sus nudillos, a llamar al ascensor buscando una vía de escape. Nada funcionó. Probó a llamar por teléfono, a gritar por la ventana, pero fue inútil. Era como si en algún momento, Leo se hubiera caído por la madriguera del conejo hasta un plano en el que sólo quedaban él y aquellos gemidos interminables que se le pegaban a la piel.

Para cuando escuchó en su móvil aquel tono hortera que estaba seguro de no haber grabado, Leo había perdido la cuenta de las horas que habían pasado. Al borde de la desesperación, sólo era consciente de que en algún momento había anochecido, y que había vuelto a amanecer, y que en todo ese tiempo no había tenido tregua. El sexo había derivado de la despreocupación de los días en Londres al agujero oscuro que devino después. Leo había regresado a España desubicado, carente de sentido, y había oscilado sin saber muy bien cómo hacia el alcohol, hacia Clara y los gritos antes del sexo, y las promesas de romper con el círculo para después caer un poco más.

—Deberías comer algo. Sólo faltan unas horas para que Leo dé paso a Virgo, y puede que necesites llegar con fuerzas. —Otra vez la voz del día anterior.

—¿Quién eres? ¿Qué coño está pasando?

—Ya te lo dije. Júpiter y Venus. El final de Leo y el principio de Virgo. Se acaba el tiempo y todavía no has respondido a la pregunta. Espero que por lo menos hayas leído tu horóscopo.

—No sé qué está pasando, pero por lo que me a mí respecta, tú y tus preguntas podéis iros a la mierda.

—Por favor, tranquilízate. En el fondo es una pregunta sencilla. Todavía tienes sus fotos, ¿verdad? Todavía sueñas con su cuerpo.

Una imagen de su mano en torno al cuello frágil de Virginia, de sus ojos entrecerrados al llegar al orgasmo. Leo apagó el móvil furioso. Sólo entonces se dio cuenta de que en la pantalla encendida del ordenador todavía se veía la página de horóscopos del día pasado. En esta ocasión, bajo el símbolo de Leo se leía: «Tú mismo eres tu peor enemigo. Desconfía del otro lado del espejo». Como si de repente aquel ordenador tuviera la culpa de todos sus males, Leo lo empujó fuera de la mesa, estrellándolo contra el suelo y ensordeciendo por un momento los ruidos de sexo que seguían envolviendo a Leo.

Como si no tuviera sentido —ahora que el ordenador ya no la necesitaba— la luz de todo el piso se fue de repente. Leo se encontró de improviso en la oscuridad, con los gemidos de Clara como única compañía. Ahora se les había unido alguien más, un segundo hombre, como aquella vez en la que estaba medio borracho en la discoteca y Clara le había convencido para hacer un trío. Al final, prácticamente había acabado mirando cómo un desconocido se la tiraba en su propia cama, sintiéndose como el ser más despreciable del planeta. Aun así, como siempre, había vuelto días después a su lado al oír su reclamo. Probablemente habría vuelto incluso para que le sacrificara como a un carnero en un ritual satánico.

Casi a oscuras, Leo rebuscó en el mueble del salón hasta que encontró una caja con velas a medio consumir. No las había usado desde que Virginia se había ido, y encenderlas en aquella situación parecía casi una herejía, pero no tenía otra opción. Mientras las llamas y los gemidos iban convirtiendo el apartamento en un lugar incómodo y hostil, Leo sintió de repente la certeza de que si Virginia siguiera ahí, nada de todo eso habría ocurrido. Sus nudillos no tendrían sangre seca, su ordenador no estaría roto en el suelo y, sobre todo, aquellos malditos gemidos habrían cesado, dejando tranquilos a su cerebro y a sus músculos agarrotados por la tensión.

Esa misma certidumbre le acompañaba horas después, cuando Leo saltó de su balcón hasta el del vecino sujetando con fuerza un martillo; la adrenalina y la desesperación anulando finalmente cualquier miedo a caer al vacío. Sólo cuando vio que la puerta del balcón estaba abierta, y entró en el antiguo piso de la señora María sin necesidad de violencia, se dio cuenta de que se había hecho el silencio.

En mitad del salón cubierto de polvo de su antigua vecina, esperaba de pie un hombre desnudo. Viéndole de cerca, sin cristales ni distorsiones, el parecido era más evidente todavía. Era una copia exacta de Leo, repetido célula a célula hasta el más mínimo detalle. Sus labios mantenían aquella sonrisa que le había descubierto mientras entraba en el ascensor, y miraba a Leo tranquilo, como si no le sorprendiera que hubiese aparecido en el balcón armado con un martillo.

—Ya pensaba que no ibas a llegar nunca. —Era su misma voz, sus mismos gestos—. Clara está en la ducha, te manda recuerdos.

♊
Géminis

—¿Quién coño eres tú? —Leo apretó con más fuerza la empuñadura del martillo. Todo su cuerpo temblaba, agitado por el odio y la incertidumbre.

—Vamos, Leo, no preguntes tonterías. Sé que no has dormido bien últimamente, y pido disculpas por la parte que me toca, pero de ahí a no reconocerte a ti mismo...

—¿Quién coño eres? —Leo repitió las palabras despacio, convirtiendo cada sílaba en una amenaza.

—Cuánto dramatismo... Si lo que necesitas es un nombre por el que llamarme, obviamente es Leo, aunque comprendo que eso podría resultarte un tanto confuso. ¿Qué tal *Leo 2*? ¿O *Leo B*? Lo digo por el piso, por lo de sexto B. Si no te gustan podemos ponernos más místicos y buscar un nombre como Acuario o algo así, aunque no termina de sonar bien. ¡Lo tengo! ¿Qué te parece Géminis? Vale que como nombre propio no es gran cosa, pero dada la situación, es el más adecuado. Y ni se te ocurra sugerir Cáncer, que te veo venir. Es de mal gusto, sobre todo después de la enfermedad de la pobre señora María.

—No pienso llamarte de ninguna forma hasta que me expliques qué está pasando. Hasta que entienda por qué hay un hombre desnudo exactamente igual que yo en el piso de al lado jodiéndome la vida a base de polvos.

—Vaya, ¿te molesta que esté desnudo? Tengo que decirte que te has vuelto un poco tiquismiquis; antes solías ir desnudo por casa y ni siquiera te importaba tener las ventanas abiertas. Seguro que incluso alegraste la tarde a más de una vecina. Pero bueno, si te vas a poner así, puedo ponerme algo de ropa, aunque se me haga un poco raro. No la he necesitado mucho estos días, ya me entiendes.

Un guiño y aquel hombre se dio la vuelta para desaparecer en el dormitorio antes de que Leo pudiera reaccionar. Mientras esperaba a que se vistiera, Leo sintió como si las fuerzas físicas que hasta entonces habían mantenido sus átomos unidos estuvieran a punto de romperse, arrastradas por aquella espiral de irrealidad y sinsentidos. En un intento por mantener la cordura, Leo trató de aferrarse a los elementos tangibles que le rodeaban. Una figura de porcelana de una bailarina, un retrato en blanco y negro de un general franquista. Decadencia y nostalgia cubiertas por una densa capa de polvo. El salón de su difunta vecina era un viaje a otra época, un relicario asexual imposible de asociar con el origen de su tormento.

Un gigantesco cuadro presidía la habitación, una escena de caza en un bosque nevado en el que un jinete desafiaba cualquier ley sobre perspectiva mientras perseguía a su presa, un extraño híbrido entre perro y ciervo. Debajo de aquella estampa imposible, un sofá desgastado del que apenas se adivinaba su color original, con reposabrazos de madera decorados por un sinfín de arañazos, obra sin duda de Aries en su etapa de mascota leal y sobrealimentada. No resultaba difícil imaginarse a la señora María sentada, rememorando tiempos mejores mientras jugueteaba con la pequeña bandera de España de su solapa. Lo único que desentonaba en aquel escenario era la televisión relativamente moderna, probablemente regalo de algún familiar, con la que su vecina había conseguido amargar a Leo incontables noches. Aunque casi parecía una molestia menor en comparación con lo que había venido después.

Leo prohibió a su cerebro seguir ese camino, al menos hasta que regresara «Géminis», y bajó la vista para seguir con su exploración. El suelo del salón estaba cubierto por un ajedrezado rojo y blanco, sobre el que todavía se distinguían huellas de pies descalzos en el polvo. Leo las siguió con la mirada hasta la puerta entreabierta del dormitorio, tras la que se observaban sábanas revueltas, probablemente llenas de sudor, semen y fantasmas. Esa simple imagen bastó para terminar de desestabilizar a Leo, que golpeó furioso el suelo con el martillo. Dos de las baldosas se quebraron, destruyendo la armonía de aquel tablero a gran escala. Nunca se había considerado un tipo violento, pero aquel golpe le hizo sentirse más real.

—¡Por Dios!, ¿qué ha sido ese estruendo? —Leo volvió a ponerse en tensión. Por mucho que lo mirara era imposible acostumbrarse a la existencia de ese gemelo distorsionado. Por lo menos ahora estaba vestido. Vaqueros desgastados y una camiseta que Leo recordaba haberse comprado en un tenderete en Londres para después perderla durante alguna mudanza.

—Ah, pobre señora María. ¡Le encantaban esas baldosas! A veces, cuando su marido vivía, incluso se lo montaban aquí mismo, en el suelo del salón, en lugar de ir al dormitorio. Aunque de eso hace ya décadas, claro... Una pena en cualquier caso.

—No me importa la vida sexual de mi vecina muerta. Lo que quiero saber es qué leches está pasando aquí, y por qué desde hace tres días lo único que oigo es un festival de sexo al otro lado de la pared.

—De acuerdo, de acuerdo. Pero primero vamos a calmarnos todos un poco. ¿Qué tal si te sientas un momento y te explico la situación?

Con una cierta reticencia, Leo se sentó en el sofá, despertando una nube de polvo que le hizo toser. El hombre que se había hecho llamar Géminis hizo lo propio sentándose a horcajadas en una vieja silla de madera y apoyando el pecho contra el respaldo. No parecía preocupado.

♎

Libra

—Veamos, ¿por dónde empiezo? Es algo complicado explicarse cosas a uno mismo. Quiero decir que, si todo funcionara como debe, uno debería saber ya todo lo que es capaz de explicarse, ¿no? Lo contrario implicaría una disociación entre lo que sabemos y lo que creemos saber; pero, bueno, si no existieran esas diferencias, supongo que habría muchos más psicólogos en la cola del paro. En fin, estoy empezando a divagar y no tenemos demasiado tiempo. Ya te he comentado que esperaba que hubieras llegado antes para tomarnos las cosas con más calma, pero esto es lo que hay.

»A lo que iba. Mira a tu alrededor. Aquí vivió la señora María hasta hace no demasiado. Este piso estaba habitado en pleno siglo XXI y, viéndolo, nadie diría que hace más de treinta años que Franco ha muerto. Se podría decir que la señora María vivía en lo que para ella había sido su época dorada, sin importarle los cambios que ocurrían en el exterior, o como mucho, mirándolos con recelo como si fueran parte de una realidad ajena a ella. Piénsalo. ¡Treinta años! Nosotros ni habíamos nacido y ella ya estaba apartándose del ritmo del mundo. Cuando tú llorabas para reclamar el pecho de mamá, cuando mirabas con curiosidad las braguitas de tus compañeras de colegio, o cuando te lo estabas montando medio borracho con una tía en los baños de la discoteca. Durante todo ese tiempo, ella estaba aquí, sobreviviendo al presente gracias solamente al pasado.

—¿Y qué tiene que ver todo esto conmigo?

—Nada en realidad, era sólo un ejemplo. Lo que te quiero decir es que no todo el mundo tiene la capacidad de la señora María para vivir en el pasado, para aguantar ese distanciamiento. Tú y yo, por ejemplo, no tenemos ese don. Ya lo viste al volver de Londres, y eso que sólo había sido una temporada en el extranjero. Tu mente se había quedado en Inglaterra, entre cervezas y amigos de colores con pinta de modernos, y cuando volviste aquí y tuviste que volver a coexistir con tus padres y a decidir qué hacer con tu vida, te quedaste bloqueado. No supiste reaccionar, y acabamos dando tumbos por la noche. Todavía no sé cómo hicimos para sortear las ETS y los comas etílicos. Entonces apareció Virginia, y tuviste una excusa para reengancharte.

—No sabes nada de Virginia. Ni de mi vida. No te atrevas a nombrarla siquiera.

—Sé que cuando Vir..., la innombrable, te dejó, volvió a pasar lo mismo. Puede que el asunto adoptara otras manifestaciones más sutiles, que consiguieras mantener la apariencia de cordura y seguir con una vida funcional, pero en el fondo es lo mismo. Llevas meses viviendo en el instante en el que te dejó, conservando sus fotografías en la pared como si estuvieras esperando a que ella llame a la puerta y sigáis como si nada. Lo demás son excusas. Lo de trabajar en casa, lo de vivir lejos de la gente que conoces. Nada es inmutable. Podías haber salido a la calle y conocer a alguien, o dejar el apartamento mañana mismo y volver a Londres, o incluso empezar de cero en cualquier otro sitio. Pero, bueno, ahora eso ya da igual. Es demasiado tarde para todo.

—¿Qué quieres decir con demasiado tarde?

—Hoy mismo, exactamente a las 12 de la noche, se te acaba el tiempo. Ya no hay margen de maniobra para planear huidas ni para hacer nuevos amiguitos. Pero por suerte para ti, yo estoy aquí para salvarte.

—¿Salvarme? ¿De quién?

—De ti, de tus lastres… ¡Te lo acabo de explicar! A ver, has estado tan ocupado idealizando a Virginia que has conseguido que tu pasado y tu futuro prácticamente desaparecieran. Menos mal que estaba yo aquí para hacerme cargo. Te he estado guardando el sitio hasta ahora, y la verdad es que ha tenido su gracia, pero tanto sexo empieza a saturarme un poco. Demasiadas mujeres, demasiados nombres, cualquier rato de estos me voy a equivocar al llamar a alguna y se va a liar. Ya pasó con aquella chica bajita del bar y no fue agradable…

»Pero perdona, otra vez estoy divagando. La cuestión es que, como te decía, te he estado guardando el sitio, pero ya es hora de que me sustituyas. Es la única opción. Bueno, técnicamente podrías sustituir al gato, pero no creo que sea una buena idea. Por lo menos antes estaba bien alimentado, pero ya le has visto. No pasa por su mejor momento.

—No entiendo nada de lo que estás diciendo. ¿Me tomas el pelo? —A pesar de sus palabras, todo lo que decía aquel hombre tenía una resonancia extraña en el cerebro de Leo, como un *déjà vu*, o como si estuviera recordando algo que ya sabía. O puede que sólo fuera la falta de sueño, su cerebro amenazando con apagarse con cada nueva brizna de información.

—Claro que no. A ver, es muy sencillo. Sólo tienes que quedarte aquí, esperando a las chicas, y haciendo... bueno, pues exactamente eso que hiciste con ellas. Lo has oído estos últimos días. ¿No me dirás que, después de tantos meses de sequía, no te han dado ganas de volver a vivirlo?

»Es una situación un tanto especial, así que hay reglas que todavía no están del todo claras, pero me imagino que también vendrán otras que todavía no conoces. La rubia que podrías conocer en el gimnasio el mes que viene, la chica tímida que está esperando encontrar tu perfil en internet, qué se yo...

»Lo importante es que vuelvas a disfrutar de la vida, y del sexo, y que te olvides de una maldita vez de Virginia. Puede que no sea instantáneo, pero por lo menos si estás aquí, te evitarás encontrarte con ella cuando venga dentro de un rato.

—¿Virginia va a venir? —Entre todo aquel caos de declaraciones absurdas, aquella frase hizo que el corazón de Leo se acelerase. Probablemente fuera todo parte de la misma tomadura de pelo, o de la locura a la que había cedido sin darse cuenta, pero ¿y si era cierto? Con todos aquellos sonidos bloqueando su cerebro casi lo había olvidado, pero la voz del teléfono también le había dicho algo parecido. Le había anunciado que su tiempo se acababa esa noche, que Virgo estaba a punto de llegar.

—¡Pues claro que va a venir! ¿De qué te parece que va todo esto? Por Dios, sabes lo mismo que yo, así que no te hagas el sorprendido.

Leo se levantó del sillón. La habitación osciló como en una atracción de feria. Definitivamente llevaba demasiado tiempo sin comer nada. Todo su cuerpo se sentía débil, y hasta sus músculos parecieron quejarse cuando recogió el martillo.

—Me voy de aquí. No tengo tiempo para esto, para escuchar toda esta sarta de tonterías. Me voy a mi piso a dormir; si Virginia viene ya sabe donde encontrarme. Mañana volveré a solucionar todo este asunto, y como hasta entonces oiga el menor ruido procedente de este piso, te juro que vuelvo y te mato. No bromeo.

—¿Es que no has entendido nada? ¡No existe mañana! —El hombre se levantó también, interponiéndose entre Leo y la puerta de salida—. Si sales ahora perderás tu única oportunidad de reengancharte a la vida. ¡Dios sabe qué puede pasar si sigues atascado pensando en esa zorra!

Leo sintió de repente una calma casi sobrenatural, como si ya no tuviera ningún poder de decisión sobre sus propios actos y solamente se limitara a verlos desde la distancia. Como si no fueran sus músculos los que se tensaron para golpear con el martillo la entrepierna de aquella copia de sí mismo, como si no fueran sus oídos los que le oyeron gritar de dolor mientras se retorcía en el suelo.

Entre tanto salía del apartamento de la señora María, lo único en lo que Leo pensaba era si realmente Virginia estaría a punto de llegar.

♍

Virgo

Todo el cuerpo de Leo temblaba cuando volvió a su apartamento y cerró la puerta, como si de pronto fuera consciente de lo que acababa de hacer. Era incapaz de recordar ninguna ocasión, ni siquiera durante su infancia, en la que hubiera golpeado a nadie. Para él eso era algo que sucedía en películas y barrios marginales, un acto totalmente desvinculado de su realidad, de su mundo. Por otra parte, desde hacía tres días, apenas reconocía su realidad. Quizás, por eso, Leo era incapaz de sentirse mal por lo que había hecho, por golpear a aquella copia de sí mismo con un martillo, por dejarle retorciéndose de dolor en el suelo del apartamento de al lado. Por un momento, Leo casi había esperado sentir en su propio cuerpo el dolor que le había causado a su reflejo, una especie de compensación, un equilibrio en la balanza. Sin embargo, el efecto había sido el contrario. Se sentía más vivo, casi victorioso.

En el salón, Aries le esperaba recostado en el sofá, y le recibió con un gruñido molesto. Quizás no estaba conforme con lo que Leo acababa de hacer en el piso de su antigua dueña. Ignorándole, entró en el dormitorio. Tenía la sensación de llevar despierto media vida, y ahora que por fin había conseguido acallar los ruidos del piso de al lado, sólo quería dormir.

No obstante, incluso en el silencio absoluto, sus ojos se negaban a cerrarse. Las palabras de su otro yo se habían quedado atascadas en su cerebro, un entresijo de ramas sucias arrastradas por el río. Leo no podía dejar de pensar en la posibilidad de que Virginia regresara, en las consecuencias de volver a acercarse a ella, o lo que era peor, de que se volviera a alejar.

Quizás debería haber aceptado aquel extraño trato. Dedicarse a follar y olvidarse de Virginia, del destino y de las almas gemelas. En el fondo, no sólo echaba de menos el sexo, sino también las historias sin trascendencia. La sensación de control, la seguridad de saber que su vida seguiría aunque aquellos capítulos terminaran.

El sonido del teléfono móvil le obligó a silenciar aquellos pensamientos. Se preguntó si sería otra vez aquella voz, hablando de horóscopos y decisiones. Ya no importaba. Leo sólo quería encontrar el martillo y el móvil. Si había conseguido acallar a golpes los gemidos que habían llenado su apartamento, aquel sonido impertinente no iba a ser menos. O quizás no se trataba del teléfono. Leo miró a su alrededor confundido, reconociendo por fin el timbre de la puerta. Hacía meses que nadie lo utilizaba.

La sangre de Leo se agitó antes incluso de abrir la puerta, corriendo por su cerebro, despertando cada una de sus células. Tal y como aquel hombre le había anunciado, Virginia le esperaba al otro lado. El corazón de Leo se paró al verla. Parecía algo asustada, sus pupilas estaban dilatadas y sus labios, apretados con determinación. Nada más había cambiado. El mismo corte de pelo, incluso creyó reconocer la misma ropa que llevaba la última vez que la había visto salir por la puerta.

—¿Virginia? —Apenas unos segundos y Leo ya quería preguntarle por qué se había ido, pedirle que se quedara, decirle que la seguía amando. Intentó controlarse—. ¿Qué haces aquí?

—Los vecinos me han llamado, todavía tenían mi número de teléfono, no sé muy bien por qué. Dicen que llevan días escuchando ruidos extraños, gritos y golpes en mitad de la noche. ¿Qué está pasando?

—Nada… Bueno, había un problema, pero lo acabo de solucionar. No te preocupes. ¿Quieres pasar un momento?

—Tienes un aspecto horrible.

—Lo sé, no he dormido muy bien últimamente. Pero ya habrá tiempo para eso. Pasa, por favor.

Virginia entró despacio en el piso, colocando el bolso descuidadamente en el mismo punto de la mesa del salón en el que meses atrás solía dejarlo caer.

—Vaya, ¿interrumpo algo? —Leo tardó unos momentos en darse cuenta de que hablaba de las velas que iluminaban el salón.

—No, claro que no, es que se ha averiado la luz.

—Qué curioso. El ascensor y las lámparas del pasillo funcionaban bien. ¿Has comprobado los fusibles? —En realidad, Leo estaba tan convencido de que el apagón había sido un hecho lógico, irreversible, que ni siquiera había intentado solucionarlo. Se sintió estúpido, pero intentó mantener la compostura. No podía permitir que su cerebro naufragara. Frente a Virginia, necesitaba la poca lucidez que le quedaba.

—Sí, he probado todo, pero sigo sin saber qué pasa. La electricidad no es mi fuerte.

—Por lo demás parece que no ha cambiado nada. Bueno, ese ordenador no solía estar en el suelo —Leo miró avergonzado los restos de su portátil, todavía esparcidos por el salón—, y el gato también es nuevo. No sabía que te gustaran.

—No es mío. Lleva un par de días colándose en el piso, no sé muy bien cómo.

La mirada de Virginia siguió vagando, quizás recordando detalles que antes le eran familiares, o simplemente buscando una forma de continuar con la conversación. Leo se sentía como un niño antes de un examen, temiendo que cualquier detalle pudiera avergonzarle. Los ojos de Virginia se pararon por fin en un punto de la pared. Leo siguió su mirada para encontrar una foto de Virginia paseando por la playa. Habían sido sus únicas vacaciones juntos.

—Pensaba que ya te habrías deshecho de todo eso hace mucho.

—Sí, bueno. El tiempo vuela, ya sabes.

—No, entiéndeme, me alegra verla. Siempre me gustó esa foto. Y puede que no signifique nada, aun así también me gusta que siga en su sitio. Sabes, sé que es horriblemente egoísta, pero no soporto imaginarte follando con nadie más.

—No lo he hecho… Follar con nadie más, quiero decir. —Virginia sonrió mientras Leo enrojecía. Volvía a sentirse patético, merecedor de aquella despedida, de la soledad que había venido después. El aire parecía de repente más difícil de respirar—. Perdona, no me hagas mucho caso, no sé ni lo que digo.

—Bueno, por qué no empiezas explicándome qué está pasando.

—Es complicado. Ni siquiera yo lo entiendo demasiado.

—Y eso de tu mano ¿es sangre? No me digas que te has metido en alguna pelea. Al final va a resultar que sí que han cambiado algunas cosas.

—No te asustes. Sólo me peleé con el ascensor, pero como ves, salí perdiendo. —Leo hizo un amago de sonrisa. Los músculos de su cara estaban incómodos, y no tardaron en volver a crisparse. Rezó porque la luz de las velas ocultase su tensión.

—Deberías curarte esa herida. No tiene mala pinta, pero nunca se sabe. Espera, voy a mirar qué tienes en el botiquín del baño. Ahora mismo vuelvo y me cuentas qué te hizo ese ascensor para acabar así.

Cuando Virginia desapareció en el baño, con una de las velas en la mano, Leo soltó el aire de sus pulmones. Tenía la sensación de llevar horas sin respirar. Todo su cuerpo estaba temblando. Había imaginado miles de veces el regreso de Virginia, sin embargo en ninguna de sus fantasías llevaba dos días sin dormir, ni acababa de verse a sí mismo retorciéndose de dolor entre muebles polvorientos. Se había imaginado comprensivo, digno. No al borde de la locura.

Aunque quizás había sido la propia Virginia la que le había empujado a esa locura. Ella le había condenado a aquella vida de ermitaño, le había encerrado en ese apartamento con todos sus recuerdos y había tirado la llave. En realidad, había dicho que no quería que se acostara con nadie más, pero no había negado que ella lo hubiera hecho. Imaginó cuerpos sin rostro penetrando en el cuerpo de Virginia y sintió ganas de vomitar.

Tal vez todavía estaba a tiempo de salir de ahí, de huir como un cobarde, o incluso de expulsar a Virginia y recuperar las riendas de su vida. Puede que incluso pudiera cruzar al apartamento de al lado, olvidarse de los finales felices, y aceptar la proposición que se le había ofrecido.

Aun así, la posibilidad de que el cuerpo de Virginia volviera a ser suyo le impedía tomar una decisión. Demasiados deseos contradictorios, demasiadas preguntas reprimidas durante meses. Aunque en el fondo, quizás no había nada que decidir. Al fin y al cabo, ¿por qué iba Virginia a volver con él? Le había abandonado cuando era feliz, y no iba a arrojarse a sus brazos ahora que apenas era un espectro.

Intentando comprobar hasta qué punto su aspecto le delataba, se acercó a un espejo mientras esperaba a Virginia. Le costaba avanzar, como si el suelo estuviera inclinado. Llegó tambaleante hasta la pared, y tal como esperaba, se vio a sí mismo totalmente destruido, con el pelo revuelto y las ojeras dándole un aire tétrico. No entendía cómo Virginia no había salido directamente corriendo al verle. Sin embargo había algo que no encajaba, un error que Leo no conseguía identificar.

Cuando unos gemidos familiares empezaron a filtrarse a través de las paredes, Leo comprendió que su reflejo estaba sonriendo.

♏

Escorpio

Leo golpeó su imagen en el espejo, agrietándola y reabriendo las heridas de sus nudillos. La sangre empezó a manar, dibujando pequeños surcos a lo largo de sus dedos antes de caer al suelo. El dolor se hizo más intenso, pero ni siquiera eso conseguía apartar su mente de los ruidos y los gritos, que seguían aumentando a su alrededor. Ya ni siquiera podía identificarlos. Era como si todas las mujeres, todas las noches de sexo, se hubieran mezclado, fusionándose en un sólo torbellino de jadeos entrecortados. Las imágenes se superponían en su mente, un laberinto de labios y de carne, cada átomo de su piel reviviendo un caos de sensaciones sobrepuestas. Corrientes eléctricas recorriendo sus extremidades, impidiéndole pensar, impidiéndole moverse.

Aquello no podía estar pasando. Todo aquel escándalo iba a espantar a Virginia. Volvería a desaparecer de su vida antes de que pudiera tomar una decisión. Otra vez solo. Sin opciones. Sin voluntad.

Leo consiguió avanzar hasta el baño, pero lo encontró vacío. Supo que era demasiado tarde, que Virginia se había marchado. Tenía que haber pasado a su lado sin que la viera, ahuyentada por su aspecto y por los gritos de todas aquellas mujeres, por los propios gruñidos de Leo agitándose contra aquellos otros cuerpos, imperfectos, vacíos. Leo sintió que no era sangre lo que salía de sus heridas, sino mugre.

—Estoy aquí, Leo —Virginia sonreía apoyada contra la pared del salón. Y había pronunciado su nombre. En sus labios sonaba a redención—. Así que esto es lo que te ha impedido dormir estos días.

Leo asintió, no tenía fuerzas para lograr que sus palabras se impusieran a todo aquel ruido.

—Casi no pareces tú. El del otro lado, me refiero. Conmigo eras más atento, y siempre repetías que me querías. Quizás demasiado, todo sea dicho, pero lo que es innegable es que cada vez que me follabas todo parecía más auténtico. Como si fuera una experiencia única, con significado. Una pena que ese significado fuera tan escurridizo.

—¿Por qué te fuiste?

—Quién sabe. Empezó con algo que dijiste, una frase tonta mientras preparabas el desayuno, creo. Ya ni siquiera me acuerdo de cuál. Sólo sé que movió algún resorte, algún engranaje que ni siquiera era consciente de tener en mi interior. Después de eso ya no pude detenerlo. Todo se fue desmoronando, y no tuve otra opción que desaparecer. No fue culpa tuya, si es lo que estás pensando.

—Te he echado de menos. Mucho. Todo lo que se puede echar de menos a alguien sin morir.

—No digas tonterías, vas a hacer que la mano te sangre aún más.

Leo no entendía qué quería decir. Tampoco entendía por qué de improviso Virginia se estaba quitando la ropa. Lentamente, sin dejar de sonreír. Como si las voces del resto de mujeres no existieran, o fueran demasiado irrelevantes para tenerlas en cuenta. Bajo la luz inquieta de las velas, su cuerpo parecía más perfecto aún que en sus recuerdos, y ya no quedaba duda de que era a él a quien esperaba. Leo ignoró los gemidos que se agolpaban en sus oídos, y el recuerdo de las advertencias que los acompañaban. La decisión estaba tomada.

No entendía cómo había ocurrido, pero Virginia volvía a ser suya, y eso era lo único que importaba. Sus labios se reunieron mientras la ropa de Leo caía a sus pies. Su mano, todavía ensangrentada, iba dejando surcos por el cuello y los pechos de Virginia, pero no le preocupaban sus heridas. Incluso le daban un aspecto más poderoso al cuerpo de ella, como si fuera una fuerza ancestral, la esencia de todo lo que Leo había estado esperando.

En silencio, le guió hasta el dormitorio, sin dejar de mirarle, sin dejar de sonreír. Cuando cayeron sobre el colchón, una sombra salió a toda velocidad del dormitorio, acompañada de un maullido alarmado. Leo no le prestó atención. Tampoco al pequeño estruendo que siguió, algún objeto cayendo al suelo del salón en la huida de Aries. En los brazos de Virginia, incluso los jadeos que antes le habían empujado hacia la locura parecían ser ahora un simple acompañamiento, el marco perfecto en el que perderse en su cuerpo, en el que convertir el sexo con ella en una experiencia absoluta.

Sus propios jadeos aumentaron, mezclándose con los de todas las mujeres que habían venido antes, venciéndolas. Una luz rojiza había empezado a iluminarles, mientras un calor sofocante llenaba la habitación, cubriéndoles de sudor, haciendo difícil respirar. Sólo cuando un humo negro, denso, empezó a entrar desde el salón, Leo comprendió que el piso estaba ardiendo, que el ruido que había oído había sido el de las velas cayendo al suelo, que las llamas pronto les envolverían.

Sin embargo, todo eso daba igual. Ya sólo existían los ojos de Virginia, su lengua lamiendo el sudor de su cuello, su cuerpo acogiéndole. A ella no parecía importarle el fuego, ni los gritos que llenaban el poco aire que les quedaba para respirar. Todos los orgasmos de su vida experimentados antes de Virginia eran meras imitaciones. Puede que aquella copia, su otro yo, tuviera razón y Virginia fuera el fin de todo, puede que Virgo hubiera desterrado por siempre a Leo, que su tiempo no fuera a volver. Nada importaba. Si ése era su final, lo prefería a cualquier otra vida.

Leo cerró los ojos y se sumergió en el cuerpo de Virginia.

♈
Aries

Aries se recostó encima de un pedazo de cemento, todavía caliente. Se había vuelto a hacer de noche y por fin podía tener un poco de tranquilidad después de todo el alboroto. No le gustaba el ruido, ni las luces, ni las sirenas. Por no hablar de toda aquella gente, gritando y moviéndose de un lado para otro como si no supieran qué hacer.

Nadie se había molestado en compartir con él algo de comida, ni en curarle la quemadura de la pata trasera, a pesar de que todavía estaba en carne viva. Aries se lamió la herida sintiendo un alivio momentáneo, pero pronto dejó de intentarlo. Hacía demasiado calor hasta para ese movimiento.

Como siempre que tenía el estómago vacío, echó de menos a su primera dueña. Con ella siempre tenía un plato de comida. A veces incluso compartía la que cocinaba para ella misma. Eso sí que habían sido buenos tiempos. Aun así, el otro hombre le había dado de comer un par de veces cuando se había colado en su piso, y aunque aparte de eso no le había hecho demasiado caso, no le habría importado acompañar también su ataúd como agradecimiento. Una pena que, entre todos aquellos escombros, no pudiera saber dónde había quedado exactamente su cadáver.

Le había sorprendido no verle salir del edificio con el resto de vecinos antes de que se derrumbara, pero esperaba que lo que fuera que le hubiera hecho quedarse en su apartamento mereciera la pena. Desde luego él no tenía intención de acercarse al fuego más de lo necesario, ni siquiera por toda la comida del mundo.

Tras un gruñido cansado, Aries cerró los ojos y se durmió pensando en tiempos mejores.

31192020717169